Johann Albrecht

Alle strafbar - Ein Lustspiel in zwei Akten

Johann Albrecht

Alle strafbar - Ein Lustspiel in zwei Akten

ISBN/EAN: 9783744676656

Hergestellt in Europa, USA, Kanada, Australien, Japan

Cover: Foto ©Andreas Hilbeck / pixelio.de

Weitere Bücher finden Sie auf **www.hansebooks.com**

Alle strafbar.

Ein

Lustspiel in zwei Akten

von

Albrecht.

Für das churfürstlich sächsische Hoftheater.

Leipzig,
bei August Gottlob Liebeskind,
1795.

Alle strafbar.

Lustspiel in zwei Akten.

Personen:

Der Wirth zum schwarzen Bär.	Hr. Bösenberg.
Sophie, seine Tochter.	Mad. Albrecht.
Söller, ihr Mann.	Hr. Opitz.
Aldorf, ein Reisender.	Hr. Schirmer.

———————

Erster Aufzug.

Wirthsstube.

Im Grunde derselben ein Tisch mit Feder, Tinte, Papier, und ein Großvaterstuhl.

Erster Auftritt.

Söller im Domino am Tisch, vor einer Bouteille Wein. Sophie näht an seinem Maskenhute. Der Wirth tritt ein.

Wirth.

Schon wieder auf den Ball! Bleib er lieber zu Hause. Sein Rasen hab ich satt. Gab ich ihm mein Mädchen, um ihr Geld zu verthun? Ich wollte mir im Alter die Last der Arbeit vom Halse schaffen, darzu nahm ich ihn zum Helfer. Aus dem Helfer ist ein Schlemmer geworden, Herr Schwiegersohn.

A 2   Söller.

Söller singt in den Bart.

Wirth.

Sing er nur — sing er. Wart er, ich will den Baß darzu geigen. Er ist ein Taugenichts, dessen beste Seiten spielen, saufen und Tabak rauchen sind. Er ist ein Narr, der immer neue tolle Streiche heckt. Nachts schwärmt er, bei Tage faulenzt er im Bette. Er lebt wie ein Mufti ohne Sorgen. Er Abentheurer! sizt der Narr mit weiten Aermeln — ein Hans Hasenfuß.

Söller trinkt.

Ihr Wohlergehen, lieber Schwiegerpapa!

Wirth.

Wohlergehn! Das kalte Fieber möchte man kriegen.

Sophie.

Lieber Vater! Ereifern Sie sich nicht — seyn Sie gut.

Söl=

Söller trinkt.

Fleckchen! Du sollst leben! Dein Vergnügen!

Sophie.
Wäre, wenn ich euch einig sähe.

Wirth.
Werd er anders — sonst wird nichts draus, des Zanks bin ich müde. Der Henker halte Ruhe, treibt ers so. Er ist schlecht, kalt, undankbar. Nehm er, was er jezt ist, und was er gewesen. Arm mußte er sich einzuschmeicheln, da versorgt ich ihn, zahlte seine Saufschulden, gab ihm meinen Wein, und das Mädchen — Aber, weiß er was, ihn bessert nichts, und ich bleibe dabei, wer einmal ein Lumpenhund war, bleibts in Ewigkeit.

Sophie.
Er wird sich gewiß ändern, Vater.

Wirth.
Da muß er den Anfang machen.

Sophie.

Sophie.

Er ist noch jung.

Söller.

Ja, Fiekchen — trinkt. Was wir lieben!

Wirth.

Da haben wirs. Zu einem Ohr hinein, zum andern heraus. Er hört nicht einmal. Herr! Zwanzig Jahr hab ich mich mit Ehren gehalten, sammelte einen Pfennig auf die Noth, und nun denkt ers so auszustreuen. Sein Diener! Laß er sich das vergehen! Meinen Ruf soll er nicht klein machen. Den Wirth zum schwarzen Bär kennt die ganze Welt. Von Osten bis Westen, von Süden bis Norden hört man von ihm. Mein Bär steht in Philadelphia in Kupfer gestochen. Und es ist kein dummer Bär. Er soll mit seinem Fell nicht paradiren. Jezt laß ichs Haus mahlen — da heißts: Hotel zum pech= schwarzen Bäre. Dann regnets Cavaliers, und das Geld rollt mir zu. Aber statt saufen
— er

— er zeigt auf die Bouteille. heißts da: Rühr
dich! Mitternacht zu Bett — vier Uhr auf.
So muß es gehen!

Söller.

Bis die goldne Zeit kömmt, schmekt mir
der Wein nicht mehr.   Gehts nicht täglich
bey ihm schlimmer, Herr Vater? Sein Ruf
mag kleine Stöße gelitten haben. Die Zimmer stehen alle leer.

Wirth.

So! Mein Ruf! Die ●●●●er! Jezt rei-
sen die Leute nicht viel. Herr Aldorf hat doch
den Saal und zwei Stuben.

Söller.

Aldorf — der verzehrt so ganz hübsch Geld.
Das wäre eine Minute. Aber sechzig gehn
auf die Stunde. Und Herr Aldorf, wer
weis, warum er hier ist?

Wirth.

Was? Will er mir meine Gäste verdächtig
machen?

Söl-

Söller.

Er nimmt auch alles krumm. Sonst wenn
ich ihm mit meinen Zeitungen kam, oder eine
ausländische Avise verteutschte — da hieß es
Herr Söller hier, und Söller dort! Jezt
— brummt er immer wie seines Hotels Wahr-
zeichen.

Wirth.

Man hört auch von ihm wohl etwas neues.
Seit er meinen Wein trinkt, sizt er immer
hier, und geht in keine andre Häuser. Da
hört er auch nichts. Da kann er mir auch
nichts sagen, und da haben seine Verdienste
ein Ende. Ja! Weis er was?

Söller.

O ja! Heute früh hört ich erst, daß die
Türkenzüge wieder angehen sollen. Man will
gegen die Raubnester in Afrika ein Freicorps
errichten.

Wirth.

Wirth.

Da geht er mit. Es ist nichts hübscher als wenn man so einen Bekannten bei so einem Corps hat, der schreibt einem alles, und von den Raubnestern hab ich immer gern was wissen mögen. Ich zahle ihm jeden Brief.

Söller.

Ei, ei, Herr Papa; Weis er, daß das weit ist.

Wirth.

Wenn der Brief auch ein bischen lang lauft. Wart er, ich will auf den Saal gehen. Da hängt die Karte von Afrika und der Meilenzeiger. Ich will sehen, wie weit es ist. Das wär nicht übel, wenn wir etwas neues von Afrika hörten. ab.

Zwei

Zweiter Auftritt.

Söller. Sophie.

Söller.

Ha! Ha! Ha! Und wenn er noch so schlimm ist, Neuigkeiten machen ihn immer gut, lög man auch, wie der Neuwieder.

Sophie.

Gieb nach, lieber Söller —

Söller.

Ja, nachgeben — immer und ewig nachgeben. Auf meinen Kopf, meinen Geist, mein Schenie wird gar nicht gerechnet. Wenn ich nicht so kaltes Blut hätte — so — wahrhaftig das ist sein Glück. Wie er mich schiert. —

Sophie.

Ich bitte dich, habe Ruhe.

Söl=

Söller.

Nein, man muß die Gedulb verlieren! Ich weis recht gut, daß ich locker war, daß ich Schulden hatte —

Sophie.

Sey doch nicht so böse, liebes Männchen!

Söller.

Ja, er fand mich entsezlich locker, sein Sophiechen aber gieng mir immer um den Bart herum, und fand mich nicht ganz abscheulich.

Sophie.

Söller! Du bist ein unartiger Mensch, Du kannst mir meine Liebe vorwerfen. Mir ein Verbrechen daraus machen, daß ich schwach genug war, dir zuvorzukommen. Ich war lebhaft, munter, still erzogen, und kannte kein Arges darin, zu sagen, was ich dachte — und nun —

sie wird weinerlich.

Söl

Söller.

Ich werfe dir nichts vor, mein Kind. Ich meine nur, daß eine schöne Frau immer An= beter findet. Du bist sehr schön, Sophie, und ich weis wohl, welch ein Vorzug es ist, eine schöne Frau zu haben — Ich liebe dich unendlich.

Sophie.

Und plagst mich doch immer, liebes Männ= chen.

Söller.

Womit plage ich dich denn? Ich darf ja doch wohl sagen, daß Aldorf dein Liebhaber war, daß du ihn wieder liebtest, daß er dich verließ, wieder kommen wollte, um dich zu heirathen, und nicht kam, daß du das War= ten überdrüssig wurdest, und mich nahmst.

Sophie.

Ach lieber Söller, wie quälst du mich!

Söl=

Söller.

Bewahre! Ich dich quälen? Ich sage nicht einmal etwas böses da. Man ißt die Kirschen, wenn sie gut sind. Uebers Jahr wachsen wieder welche. Ich finde die Sache recht lächerlich.

Sophie.

Du wirst bitter. Daß Albdorf mich liebte, daß ich ihn wieder liebte, das ist nicht lächerlich, auch nicht unerlaubt. Sollte ich etwa vorher wissen, daß du mein Mann werden könntest, eh ich dich sah und kannte?

Söller.

Ei bei Leibe! Das mein ich eben. Das unschuldige Mädchen liebt, küßt, herzelt, weis selbst nicht was es ist. Pfandspiele küssen die Tugend weg. Man macht unschuldige Fehlerchen. Erfahrung kömmt nun dazu, und dann denkt man, der Mann muß froh seyn, wenn er ein schönes und kluges Weib hat.

Sophie.

Sophie.

Du bist freilich ein Schenie, lieber Söller, drum versteh ich dich nicht. Aber mir thust du unrecht.

Söller.

Warum denn? Geküßt hast du doch wohl Herrn Aldorf. Ein Kuß, liebes Weib, ist bei euch, wie ein Glas Wein bei uns; eins, zwei, drei, vier, fünf, je nachdem einer vertragen kann, und wir haben ein Räusch= chen. Wer nicht taumeln will, bleibe vom Glas. Genug! jezt bist du mein. Aldorf ist wohl lange schon weg?

Sophie.

Ich denke drei Jahr.

Söller.

Ja etwas drüber. Nun ist er schon vier= zehn Tage wieder da —

Sophie.

Aber, Söller, wozu dient der Discours?

Söl=

Söller.

Man muß doch was sprechen. Mann und Frau haben sich so immer wenig zu sagen. — Sag mir doch, warum mag Herr Aldorf wohl hier seyn?

Sophie.

Das Carneval zu genießen. Du siehst ihn ja bei allen Lustbarkeiten. Er tanzt, er springt, er trinkt —

Söller.

Und ist wie der Bliz zu Hause, wenn du zu Haus bist. Brummt, wenn ich dich nicht mitnehme. Du kennst doch das Sprichwort von der alten Liebe — Sag mir, wenn er sie wieder hervorsuchte, würdest du ihm wohl Gehör geben?

Sophie für sich.

Er ist eifersüchtig — Wart ich will dich strafen. laut. Gestehen muß ich, ich liebe ihn sehr. Aber, Männchen, meine Pflicht ist mir

mir mehr werth. Ich halte diese theuer —
du glaubst doch nicht —

Söller.

Ich glaube gar nichts — Bewahre, daß
ich schon glauben sollte. Ich denke nur, man
muß die alte Liebe sich nicht zu nahe auf den
Hals kommen lassen.

So ein süßer lockender Ton — mein schar-
mantes Fieckchen. *er trinkt.* Der geht glatt
ein — und wenn du schon geliebt worden bist,
das geht wie beim Podagra, es kehrt wieder.

Sophie.

Söller, nun wirds mir zu bunt, nun muß
ich einmal Ernst machen. Deine Unzufrie-
denheit nimmt täglich zu, und an deinem
Weibe läßt du sie aus. Jeden Augenblik
nekst du! Die Galle, die du bei deinen Trink-
gelagen und in den Spielstuben sammelst,
drükst du auf mich aus. Sei liebenswürdig,
wenn ich dich lieben soll! Kannst du ein Weib

be-

beglücken? willst du mir Vorwürfe machen,
daß ich mit Vergnügen an eine ältere Liebe
denke, da du nicht im Stande bist, diese Liebe
durch die deine auszulöschen?

Du verachtest meinen Vater. Das Haus
kann wanken, und du hältst es nicht mit einer Hand. Du lebst in den Tag hinein,
Schulden melden sich täglich. Ich kann keinen Thaler von dir kriegen.

Gieb mir, was ich bedarf, schenk mir
wahre Liebe, und meiner Aufführung wegen
sollst du keine Sorge haben.

Söller.
Wenn du was brauchst, so sprich den Vater drum an.

Sophie.
Da käm ich recht! Gestern sah ich mich ge-
nöthigt, eine Kleinigkeit zu fordern. Ha!
murrte er mich an, du brauchst Geld — und
Söller fährt Schlitten? Alle zwey Stunden

B   kutscht

kutscht er hier vorbey. Nichts kriegte ich — die Ohren voll schelten. Woher soll ichs denn nehmen, Söller?

Söller kratzt sich im Kopf.

Wart nur, liebe Sophie, morgen ist mir welches versprochen — von einem guten Freund —

Sophie.

Hast du Narren zu Freunden? Hohlen hab ich sie wohl welches gesehen, bringen aber keins. Das kann nicht länger so fort gehen.

Söller.

Hast du denn nicht was du brauchst? — Essen, Trinken, Wohnung, Holz, Licht.

Sophie.

Hör, Mann, wenn man an Fülle ge= wohnt ist, brauchts noch mehr als das! Eine Gabe, die man sonst gegeben hat, versagen müssen — ist schon hart, besonders wenn der Mann es verlüdert. Und mein Geschlecht kann

kann ich nicht verleugnen. Ich putze mich
auch gern, gehe gern auf den Ball —

Söller.

So geh mit. Ich sage dirs ja immer,
sperr dich nicht so ein.

Sophie.

Ja. Dann gienge mit dem Karnaval auch
unsre Wirthschaft zu Ende. Einmal alles
aß — hernach so faß. Ich kann dir auch mit
einem Sprichwörtchen aufwarten. Schwärmte
ich wie du, es wäre schon alle. Der Bär
verkauft, der Vater ein Bettler. Ich will
sparen, wenn du nicht sparst. Mich lieber
in Einsamkeit begraben und fort grämen.
Wenn der Vater mich nicht hätte. Ich helf
dir nicht sein Gut verthun. Lern du wirth-
schaften.

Söller.

Nur das Karnaval noch, Herzensweib-
chen, da laß uns lustig leben. Dann kömmt
die Messe, da will ich ordentlich werden.

Sophie.

Sophie.

Da kömmt Herr von Tirinette ins Haus.

Söller ängstlich.

Der will zu mir.

Sophie.

Der Spieler? — was will er denn bey dir?

Söller.

Was er will? Er will — er will — er verreist. Da will er Abschied nehmen, liebe Sophie. schnell ab.

Dritter Auftritt.

Sophie allein.

Gewiß will ihn der mahnen! Ja Spiel=schulden macht er immer. Ich träumte mit Glück mit ihm, dachte Wunder, was ich für

einen

einen Fischfang gethan, da Alborf so lange
ausblieb. Ach hätte ich doch gewartet, bis er
wiederkehrte. Aber wahrlich wir Mädchen
sind zu ungeduldig. Bei zwanzigen schmach-
teten die Herren mir zu Füßen — lasen ihr
Glük in meinen Augen, seufzeten nach einem
Blik. Ich hatte einen Ueberfluß von Dies
nern um mich her. Ein Schweif von Anbe-
tern schmeichelte meiner Eitelkeit. Mein Kopf
summte immer von ihrem Preise meiner
Schönheit.

Ach das ist eine Feuerprobe, die schwer
auszuhalten ist. Ich hätte prüfen können,
hatte geprüft — Alborf verließ mich, und da
dacht ich, alle machtens so. Schnell griff
ich zu, da dieser mit Geistesschwung und
Geniekraft mich bethörte. Ich habe keine
Nite gegriffen. Söller ist nicht zu verachten. Allein Alborf wäre doch besser gewesen.

Und

Und nun ist er wieder da — könnte mein
seyn, und was das schreklichste ist, liebt mich
noch — Ich fürchte ihn — Ach — Er
kömmt — Ich kann ihm nicht entfliehen.

———

Vierter Auftritt.

Sophie.   Aldorf.

Aldorf.

Verzeihen Sie, Madam, wenn ich be-
schwerlich bin.

Sophie.

In diesem Zimmer, mein Herr, hat jeder
zu befehlen.

Aldorf.

Und ich bin Ihnen auch wohl so gleichgültig, wie jeder?

Sophie.

Sophie.

Ich zeichne keinen von meines Vaters Gästen aus. Sollten Sie über Vernachlässigung klagen?

Aldorf.

Ich nicht klagen — Grausame! Das mußte ich erleben?

Sophie.

Mein Herr! Befehlen Sie noch etwas? Geschäfte rufen mich.

Aldorf.

Wohin? Sie wenden sich von mir — versagen mir Ihre Hand? Sophie! kennen Sie mich nicht? Aldorf bittet um Augenblicke.

Sophie.

Aldorf! Mein Herz befiehlt mir, Sie zu verlassen.

Aldorf.

Sind Sie Sophie noch, so bleiben Sie.

Sophie.

Sophie.

Haben Sie noch ein wenig Gefühl, so lassen Sie mich weg.

Aldorf.

Unzärtliche Sophie! In diesem Augenblikke mich verlassen! Ich dächte, ich näherte mich meinem Glük. Aber es stößt mich von sich. Sophie! Hier in diesem Zimmer gelobten wir uns Liebe, o Sophie! — Hier schwuren Sie mir ewige Treue.

Sophie.

Schonen Sie mich, mein Herr. Ich bin jezt nicht mehr die Sophie, die ich damals war.

Aldorf.

Es war ein schöner Abend, den ich nie vergessen werde. Ihr Auge sprach — mein Herz schlug stärker. Ich las mein Glük in diesem Auge — Und jezt nicht eine Stunde, nicht ein Augenblik mein! Sie sind eine Falsche. Sie liebten mich nie.

Sophie.

Sophie.

Meine Lage macht mich unglücklich genug, mein Herr, verbittern Sie sie mir nicht. Herr bei. Sophie hätte Sie nicht geliebt? das können Sie nicht sagen. Sie waren mein Wunsch — mein höchstes Gut, mein Herz schlug nur für Sie. Ihrer erinnerte ich mich nur, wenn ich an Glük dachte, und troz aller meiner Mühe will dies Herz noch nicht gleichgültig gegen Sie werden —

Aldorf.

Ists wahr? O meine Sophie! Er will sie umarmen.

Sophie, flieht sich zurük.

Es kömmt jemand. Ich höre vernehmlich gehen. Sezzen Sie mich und sich keiner Unbesonnenheit aus.

Aldorf.

Sey das oder sey es nicht. Ich sehe, Sie wollen mir ausweichen. Auch ist hier nicht

der

der Ort, an dem man uns verdächtig finden
könnte. Vater und Mann belagern uns un=
aufhörlich. Und doch sagen Sie, ich bin Ih=
nen nicht gleichgültig. Wohlan! Wir wollen
dieses Gefühl untersuchen. Wenn Sie wol=
len, können Sie dazu helfen. Die Eifer=
sucht ist leicht blind zu machen.

Sophie.

Ich verstehe Sie nicht, Aldorf.

Aldorf.

Deutlicher also. Gönnen Sie mir eine
Unterredung auf Ihrem Zimmer. Ich wün=
sche aus dem Traume zu kommen, der meine
Glükseligkeit stört; hören Sie mich, und kön=
nen Sie dann noch widerstehen, so beklage,
beweine ich mein Unglük und reise ab. Ihr
Mann ist nicht zu Hause. Hier ist der
Schlüssel zur Hinterthür des Saals. Ich
besuche Sie, und höre Ihre Gründe.

Sophie.

Sophie.

Mein Herr! meine Thür ist für jedermann verschlossen.

Aldorf.

Sollten Sie so hart, so falsch seyn, mir nicht auf eine Stunde zu trauen? Dünkt Ihnen ihr Zimmer zu gefährlich, so kommen Sie zu mir.

Sophie.

Sie werden unverschämt, Aldorf, das ist zu viel!

Aldorf.

Zu viel? Nach vierzehn Tage Sehnen, Harren und Erwarten ist eine Stunde zu viel? Nun denn, Grausame, Sie sagen zwar, Sie sehen mich gern, allein das ist unmöglich. Ich will nicht länger der Gegenstand Ihres Spottes seyn. Morgen reise ich ab.

Sophie.

Aldorf! die Freude, einen Freund zu sehen, wollen Sie mir rauben? Bleiben Sie, auch ohne mich zu quälen.

Aldorf.

Aldorf.

Nein! Wer bei meinen Leiden ungerührt bleibt, den muß ich fliehen. Es bleibt dabei: Morgen sehen Sie mich zum letztenmale.

———

Fünfter Auftritt.

Wirth. Vorige.

Wirth.

Da ist ein Brief. Gewiß von hoher Hand, mein Herr. Sehen Sie nur, wie groß das Siegel ist, wie fein das Papier. Betrachten Sie nur —

Aldorf reißt ihm den Brief weg.

Wirth.

Was wohl darin stehen muß? Woher er seyn muß? Welchen Weg er gekommen ist? Die Wapenhalter auf dem Siegel —

Aldorf.

Aldorf flüchtig lesend.

Ich muß morgen fort, Herr Wirth. Meine Rechnung. In aller Früh Kaffee. Drei Postpferde.

Wirth.

Ei! ei! Bei der schlechten Witterung — in der gefährlichen Zeit. Der Brief ist wichtig — gewiß wichtig — Dürfte man nicht so unmaßgeblich Ihro Gnaden fragen?

Aldorf.

Was Herr?

Wirth.

Was in dem Briefe steht?

Aldorf rasch.

Nein!

Wirth zurückfahrend: zu Sophien.

Frag du ihn doch! Dir verhehlt er es gewiß nicht, liebes Töchterchen.

Er sezt sich an den Schreibtisch, und arbeitet.

Sophie.

Sophie.

Aldorf! Ist es Ernst? Müssen Sie — wollen Sie fort?

Aldorf für sich.

Endlich doch ein gutes Wort.

Sophie.

Bleiben Sie! Verlassen Sie die Freundin in der trüben Lage nicht.

Aldorf.

Wollen Sie mir eine Stunde allein gönnen, so bleibe ich.

Sophie für sich.

Was soll ich thun? Es ist mein einziger Trost. Verläßt er mich, so bin ich ganz verlassen.

Aldorf.

Nun?

Sophie.

Ich darfs nicht wagen. Meine Pflicht —

Aldorf.

Aldorf.

Aldorf.

Wenn der Henker doch den Saufaus holte,
so wären Sie Witwe. Entweder — oder —
Sophie! Die letzte Bestimmungszeit. Ich
komme zu Ihnen.

Sophie.

Mein Vater wohnt neben meinem Zimmer.
Er hört das leiseste Wort.

Aldorf.

So kommen Sie zu mir — oder Sie sehen
mich nie wieder.

Sophie.

Ich komme, um meiner Pflicht Standhaf=
tigkeit Ihnen zu erklären —

Aldorf für sich.

Genug. Ich will die Saiten nicht zu hoch
spannen. zu Sophien. Ich erwarte Sie! zum
Wirth Herr Wirth! ich werde noch nicht reisen.

Wirth springt auf.

Zu Sophien. Weißt du das Geheimniß?

Sophie.

Sophie.

Er will es nicht entdecken.

Wirth.

Nicht — Und doch bleibt er?

Sophie.

Ich habe ihn überredet. Da erfahren wirs vielleicht noch.

Sechster Auftritt.

Söller.   Die Vorigen.

Söller sieht grimmig auf Aldorf.

Wo ist mein Hut?

Sophie.

Hier ist er, lieber Mann.

Aldorf.

Ich werde nun auch auf den Ball gehen.

Söl=

Söller.

Ich wünsche viel Vergnügen, Herr Aldorf.

Aldorf.

Leben Sie wohl, scharmante Frau.

Sophie.

Ihre Dienerin, Herr Aldorf.

Söller.

Auch ihr Diener, Herr Aldorf.

Aldorf.

Ich will erst Hut und Mantel holen.

Söller für sich.

Alle Tage wird mir der Kerl dreister.

Wirth.

Ich will Sie begleiten, Herr Aldorf.

Aldorf.

Nicht einen Schritt, ich weis den Weg allein: ab.

Sophie.

Söller! Ich dächte, du nähmst mich mit.

Söl

Söller.

So! Kömmt dirs jezt, da Herr Atdorf geht.

Sophie.

Geh, Ungezogner, es war nur mein Scherz.

Söller.

Freilich, wenn die Leute sich zum Ball schikken, und man soll schlafen gehen, das schmekt nicht. Nun ein andermal.

Sophie.

Ja, ja, ich kann schon warten. Ich werde auch ohne dich ruhig seyn können. Gute Nacht Vater.

Wirth.

Gute Nacht, Sophie.

Söller.

Gute Nacht, Frau — Sie ist wahrlich schön. Sey nicht böse, Turteltäubchen. Ein andermal. Sophie ab. Nun geht er nicht auch zu Bette, Vater?

Wirth.

Wirth.

Das ist ein Teufelsbrief, der wird mich
nicht schlafen lassen. Gute Nacht, lebendge
Fastnacht, Narr im Domino!

Söller.

Danke schön.

Wirth.

Mach er das Haus hübsch zu, wenn er
geht, daß sie nicht stehlen, was er übrig
läßt. ab.

Söller ruft ihm nach.

Dafür sorg er nicht.

Siebenter Auftritt.

Söller allein mit Karten.

Ein verdammter Streich! Der Kerl zog
falsch ab, darauf wollt ich wetten. Aber still

muß ich seyn. Gleich ist er mit Hauen und
Schießen bei der Hand. Ja etwas muß ge-
wagt seyn.

Er steckt die Karten ein, und zieht ein Bund Dietriche hervor.

Aldorf hat Geld — die Dietriche schließen
alles. Er schleicht um meine Frau herum, ich
will einmal um seine Chatoulle schleichen. —
Ei, ei, Söller! wenn das heraus käme! —
Aber ich bin in der Noth, was will ich an-
fangen? Der Kerl prügelt mich aus, wenn
ich ihn nicht bezahle. Ei Herr von Tirinette,
was muß ich um ihres Hiebers willen werben.
Kourage — Söller — Söller! alles schläft —
er ist fort — der Vater zu Bett; kömmt es
ja an den Tag, man hat der Beyspiele, daß
eine schöne Frau den Dieb vom Galgen ret-
tet. Gewinne ich, geb ichs wieder. Nun
schleiche Dieb, und entlauf dem Galgen. ab.

————————

Ach-

Achter Auftritt.

Die Bühne verwandelt sich in Aldorfs Zimmer, mit
einem Alkoven. An einer Seite steht ein Tisch mit
Papier und Schatulle. Im Grunde ist eine große
Thür und eine kleine dem Alkoven gegen-
über.

Söller.

Tapferkeit brauchts nicht just immer zu
seyn; auch Schleichen und List nähren ihren
Mann. Der eine, ohne den Tod zu scheuen,
tritt mit gelassenem Blute und gespanntem
Hahne hin, und spricht: Den Beutel her!
Der andere zaubert mit Bolten das Geld an
sich, oder nimmt mit geschikten Händen die
köstlichen Uhren, und sagt wohl noch: Nehmt
euch in Acht, ich stehle: Er stiehlt, und ihr
sehts doch nicht. Die Künste kann ich freis
lich nicht. Das Herz ist leicht, die Finger
plump.

Aber

Aber es ist heut zu Tage schwer, kein Schelm
zu seyn. Das Geld nimmt ab — täglich
braucht man mehr. In der Falle bin ich —
heraus muß ich. Aldorf schwärmt — das
Weibchen schläft — der Vater schnarcht —
die Konstellation ist glüklich.

Er geht an den Tisch.

So komm, du Bewohner dieser Schatulle!
Der große Mogul ohne dich wäre nur eine
große Nulle. O ihr köstlichen Dietriche! Ihr
seid der Trost so manches armen Schlukkers;
durch eure Hülfe erlangt man den größten aller Dietriche — Geld!

Er besieht und probiert sie.

Machen hab ich sie nicht lassen. Ich hab
sie auch nicht gestohlen. Wie ich noch Accesi-
sist war, wo das viele Schreiben mir gar ver-
teufelt bitter schmekte, weil es kaum das liebe
Brod abwarf, da erwischte man einmal einen,
er fährt zusammen. kann ichs doch kaum ausspre-
chen — einen Dieb. Man fand diese mäch-
tigen

tigen Parteigänger; er ward gehängen. Das
Gold nahmen — andre Leute, das Eisen
kam an mich. Ich hob es auf, und das
Schloß springt ab nun hilft es mir zu Gelde.

Er welche seine Münzen. Hier Thaler,
hier Dukaten — hier gar Duplonen. Er
steckt verschiedenes in einen Beutel. Die Brust
schwillt mir vor Freude — wenns nicht etwa
die Angst ist. Angst! Zittern! Ihr dummen
Glieder, was zittert ihr? Horch! ein Tritt—
Noch ein Griff, dann ists genug. Er macht
die Schatulle zu.

Verflucht! Schon wieder! Es geht wahrlich auf dem Gange. Die Haare stehen mir
zu Berge. Es spukt! Es geht um. Es will
mich holen — verdammt! Könnts eine Kazze
seyn! Das wäre ein verflucht schwerer Kater!
Ei! gar am Schloß — Alle gute Geister —
Er springt in den Alkoven.

Neun-

Neunter Auftritt.

Der Wirth mit einem Wachsstocke zur kleinen
Thür herein. Söller zum Alkoven
heraus.

Söller.

Der Herr Schwiegerpapa — So wahr
ich lebe —

Wirth.

Es ist doch ein närrisch Ding ums Blut;
das prikelt, wenn man auch nur halbweg
was Uebles im Sinn hat. Neugierig? nein,
neugierig kann mich kein Mensch heißen.
Ich wärs auch jezt nicht, aber der Brief
mußte etwas sehr wichtiges enthalten. Reis-
sen — nicht reisen —

Mit den verdammten Zeitungen ists ein
elendes Wesen. Monate bleibt alles aus und
kömmt man mit so einer Neuigkeit, so heißts,
die hab ich auch schon gelesen. Wenn ich ein
Kavalier wäre, da müßt ich Minister werden,

alle

alle Couriers früg ich dann aus. Er sucht. Aber ich finde den Brief nicht. Gewiß hat er ihn mit. Das wäre doch ein verdammter Streich. Mein Gewissen umsonst eingeschläfert. Man soll zu gar nichts kommen.

Söller.

Papa! Der Diebs = und Zeitungsgott hat sie nicht halb so lieb, wie er mich hat.

Wirth.

Ich find ihn nicht, horch! O Weh! was ist das? Daneben im Saale.

Söller.

Nun — riecht er mich vielleicht?

Wirth.

Es knittert.— gerade wie ein Weiberschuh.

Söller.

Schuh? Nein, ich bin in Strümpfen.

Wirth.

Wenns nur nicht gar meine selige Anne ist. Er löscht den Wachsstock aus. So kann sie mich

doch

doch nicht sehen. Aber wenn sie nach mir greift — o weh! Er stößt im Dunkeln auf Söllern und greift ihm ins Gesicht. Anne! Anne! — da ist sie, Herzensanne, ich habe ja den Brief nicht. Er läßt den Wachsstok fallen, und läuft zur kleinen Thür hinaus.

―――――

Zehnter Auftritt.

Söller. Sophie zur großen Thür mit einem Lichte herein.

Söller.

Ein Weibsgesicht! Hölle! Teufel! meine Frau! Was will die hier?

Sophie.

Ich bebe ängstlich bei dem verwegenen Schritt.

Söl:

Söller.

So wahr ich lebe, ein Rendezvous — da muß ich mich zeigen. Nein! ich kann mich nicht zeigen. Es trappelt mir am Halse — und zeige ich mich nicht — so — Er fährt nach der Stirn.

Sophie.

O die Liebe ist Anfangs eine tröstende schöne Begleiterin. Aber dann macht sie uns erträgliche Schmerzen.

Söller den Kopf heraus.

Ich möchte rasend werden. — Ich darf nicht —

Sophie.

Sie ist ein Irrlicht, wenn man einmal den Weg verloren.

Söller.

O wärst du doch im Sumpfe, wo es hin führt.

Sophie.

Sophie.

O meine Pflichten sind mir, immer theuer
— Aber Söller machts zu toll — Verdruß
kann ich ertragen — aber bald muß ich ihn
hassen.

Söller.

Du!

Sophie.

Meine Hand hat er. Wenn er nun mein
Herz von sich stößt, wär es so schlimm, es
Aldorfen insgeheim zu schenken.

Söller.

Zaubern, Giftmischen ist nicht so schlimm.

Sophie.

Ach er lehrte mich die Liebe kennen — ihm
dank ich dies reine Gefühl.

Söller.

So! Ei! ei!

Sophie.

Er erweichte mein Herz zu zärtlichen Ge-
fühlen.

Söl-

Söller.

Ach! müßten alle Männer doch so Verhör stehen. Ich bin wie auf Kohlen.

Sophie.

Er liebte mich so herzlich —

Söller.

Das ist ja nun vorbei.

Sophie,

Und ich war ihm so seelengut.

Söller.

Das waren nur Kinderpossen.

Sophie.

Das Schicksal trennte uns. Welche Sünde mußte mir die harte Wahl verdienen, einen Mann zu nehmen — der fast einem Viehe gleicht.

Söller.

Ich! ein Vieh —

Sophie.

Stößt an den Wachstul und hebt ihn auf. Was seh ich?

Söl

Söller weit herborguttend.

Was? Was? Madam?

Sophie.

Des Vaters Wachsstok — Wie kam der
hieher? — Er wird doch nicht da seyn? Da
werd ich fliehen müssen! Wenn er mich be-
lauschte!

Söller.

Gewissen — sezze ihr zu — rühre ihr Herz!

Sophie.

Ich kann nur nicht begreifen, daß er ihn
hier verloren.

Söller.

Gewissen! sie scheut den Vater nicht
mehr — mahl ihr den Teufel.

Sophie.

Was ich mich auch quäle! Alles liegt ja
im tiefen Schlafe.

Söller.

Ach! Einer wacht doch.

Sophie.

Sophie.

Wer weis, wie das geschehen ist! Er hat sehen wollen, ob auch Licht hier ist. Es mag drum seyn.

Söller.

O weh!

Sophie.

Aldorf bleibt sehr lange —

Söller.

Ha! dürft ich dir die Zeit vertreiben?

Sophie.

Mit bangen Zweifeln kämpft mein Herz: Ich liebe ihn, und muß ihn fürchten.

Söller.

Ich fürcht ihn, wie den Sabrach aus dem Abgrund. Noch mehr! Käme der Fürst der Unterwelt, ich bät ihn für all mein Geld: Hohl sie!

Sophie.

Mein Herz ist so redlich — keine Untreue kömmt in meine Gedanken. Aber eigentlich
sollte

sollte man ihm nicht treu seyn, ihm, an dem kein gutes Haar ist, der unverständig, grob, falsch ist —

Söller.

Das ist ein Sermon für mich.

Sophie.

Seine Lebensart macht ihn zu einem Scheusal, die Hölle kann ihn nicht schlimmer haben. Er ist ein wahrer Teufel.

Söller.

Ein Teufel ich? Ich ein Scheusal? Länger kann ichs nicht aushalten. *Er macht Mine, hervorzuspringen.*

Eilfter Auftritt.

Aldorf im Mantel, den er ablegt. Die Vorigen.

Aldorf.

Sie warten schon, meine Theure?

Sophie.

Sophie.

Sophie kam Ihnen zuvor.

Aldorf.

Sie zittern?

Sophie.

Denken Sie die Gefahren bei diesem unbesonnenen Schritt.

Aldorf.

Nicht, Weibchen, nicht!

Söller.

Das sind die Präliminarien.

Sophie.

Ich bitte selbst Sie um Verzeihung wegen dieser Zusammenkunft.

Aldorf.

Sophie! Zärtliche!

Sophie.

Gönnen Sie mir diese, so darf ich den Schritt nicht bereuen.

D   Söl

Söller.

Madam! Hier dächt ich, müßte ich Fehr
geben.

Sophie.

Kaum weis ich selbst, was mich herführte.

Söller.

Ich weis es nur zu gut.

Sophie.

Es ist mir wie ein Traum.

Söller.

Ich wollte, ich könnte mich auch zum Er=
wachen pritschen.

Sophie.

Nun weis ichs — Ich bringe Ihnen ein
Herz voll Sorgen und voll Klagen. Ich fand
noch nie eine simpathetische Seele wie die
Ihrige.

Söller.

Verdammte Simpathie! das kömmt von
dem Schmachten.

Sophie.

Sophie.

Den vollkommenen Mann sollt ich haben, und das Widerspiel der Vollkommenheit erhielt ich. Mein Herz ist nicht todt für die Tugend. —

Aldorf.

Ich kenne dieses Herz.

Söller.

Ich kenne es auch.

Sophie.

Aber so liebenswürdig, so gut Sie sind, ich hätte nie mein Herz vor Ihnen ausgeschüttet, wenn es nicht so äußerst beklommen wäre. Das Leben meines Mannes tödtet unsre Wirthschaft. Nicht dieser Gedanke, nicht meine Thränen können ihn rühren, deswegen wünsche ich einen Freund mir zu erhalten. Mit jedem Morgen mehrt sich mein Leiden —

Söller.

Wahrhaftig, die arme Frau ist sehr übel dran, sehr trostbedürftig.

D 2 Sophie.

Sophie.

Bei meinem Nachgeben ist er taub. Der Wein tödtet die lezten Reste seines Verstandes. Spielen, stänkern, pochen, kriechen sind seine Beschäftigungen. Mit elendem Wizze und kindischen Schwänken begegnet er dann seinem Gewissen und andern Vorwürfen.

Söller.

Leichenkarmen und Text zur Standrede sind fertig.

Sophie.

Der Gram hätte mich schon getödtet, wüßt ich nicht. —

Söller.

Nun nur immer heraus, Madam.

Sophie.

Daß Aldorf noch Theil an meinen Leiden nähme.

Aldorf.

Den wärmsten, den innigsten —

Sophie.

Sophie.

Ich bitte — ich beschwöre Sie, erhalten Sie mir Ihre Freundschaft. Ein mitfühlendes Herz macht trübe Tage heiter.

Söller.

Ich dächte, so schön hätte Sie mich nie gebeten.

Aldorf.

Ich will helfen, Sophie. Ich will ein Mittel finden — Er faßt sie und will sie küssen.

Söller.

O weh, es kömmt zu Thätlichkeiten. Zufall! stehe mir bei —

Sophie sucht sich loszuwinden.

Doch nur der Freundschafthülfe, Aldorf.

Söller.

Die Freundschaft hab ich satt. Geht nun immer auseinander, ihr habt euch genug versichert —

Aldorf.

Alborf.

Mein Mittel, schöne Frau, ist die Liebe.

Söller.

Oho! das ist ein schlechtes Mittel.

Sophie.

Grausamer! lassen Sie mich los.

Söller.

Aha! Wie sie sich ziert! — Nun noch ein Pfui schämen sie sich — und ich gebe für die Tugend keinen Dreier.

Alborf.

Ich Sie loslassen? Ich liebe Sie mehr als je, Sophie. Ich verlange Gegenliebe —

Söller.

Zu viel verlangt, mein Herr —

Sophie windet sich los.

Nie, Alborf, wird das geschehen. Auch in Ihnen hab ich mich betrogen. Könnt ihr Männer denn alle das schöne Wort Freund-

schaft

schaft — gegen uns nie im Herzen — nur immer auf der Zunge tragen? Wähnt ihr, kein Weib bleibe seiner Pflicht getreu?

Mein Herz blutet über Ihren Verlust, Aldorf, aber so sind Sie mir nichts mehr. Ihrer edlen Seele bot ich mein offnes Herz, Ihrer Leidenschaft werde ich nie Gehör geben.

Von jezt an ists mein fester Vorsaz, Sie zu fliehen —

Söller.

Ich lebe wieder auf.

Sophie.

Ich fühle mich unstrafbar. Ich hätte prüfen sollen, ob Sie auch stark genug wären die Klagen eines bedrängten Weibes ohne sie zu misbrauchen, zu ertragen —

Söller.

Sie rührt mich, daß ich weinen möchte —

Sophie.

Sophie.

Ich gehe mit der Versicherung meines vollendeten Unglüks, aber mit dem Gefühl der Tugend treu geblieben zu seyn. ab.

Aldorf.

Bleiben Sie. Ich ehre diese Tugend — ich glaube aber nicht an sie. Ich muß ihr nach, sie zu beruhigen. ab.

Söller tritt heraus.

Das Gewitter gieng vorüber — den Geldsak. Nein, den kann ich nicht behalten. Mag mich der Herr von Tirinette prügeln, wenn es nicht anders seyn kann — Ich bin ein andrer Mensch; fort will ich mich schleichen — Aber die Angst, die ich über mein Weib gehabt, will ich ihm mit Angst über sein Geld vergelten. — Ich stell es unter sein Bett, und wir schreien ihn dann für mondsüchtig aus. Lebt wohl ihr herrlichen Dus plonen! Ihr seyd wohl reizend — aber —

ein

ein tugendhaftes Weib — fort mit dem Sün=
dengelde. — Er wirft es in den Alkoven unters
Bett. Tirinetten um Aufschub gebeten, und
dann zur Besserung in ihre Arme! *fehnell ab.*

———

Zwölfter Auftritt.

Aldorf allein.

Sie ist wieder stille. Ich hofte sie mir ge=
neigter zu finden, und muß sie demohngeachtet
nur mehr verehren. Gut, dankbar für meine
Liebe, vergaß sie mein Bild nicht, trägt es
rein in ihrem Herzen — vergiebt mir, daß
ich sie verließ, und wird durch ihre Tugend
mir noch theurer.

Ich hab ihr Leiden bereitet — ich will es
enden. Ich will mit ihr meinen Reichthum
theilen, so mach ich sie noch glüklich.

Er

Er öfnet die Schatulle.

Was ist das? Fort alles Geld? Die Dukaten, die Duplonen, nur noch einige Thaler hier? Bestohlen — seit zwei Stunden? Wer kann hier gewesen seyn — Nur sie! Sophie! das gethan? — Unwürdiger Gedanke! Es ist unmöglich. Aber fort ist das Geld. Wer kann es haben? Unruhig machts mich. Wissen möcht ichs. Ich will ihr gleich den Diebstahl entdecken. Er ist zu wichtig, zu nöthig mir das Geld zu ihrem Glücke. ab.

Zwei-

Zweiter Aufzug.

Die Wirthsstube.

Erster Auftritt.

Der Wirth im Schlafrok, ein Seſſel neben dem Tiſch, worauf ein bald abgebranntes Licht, Kaffee, zeug, Pfeifen und Zeitungen liegen. Nach den erſten Worten ſteht er auf, und zieht ſich in dieſem Auf, tritte, und im Anfang des folgenden an.

Wie geſagt, kein Auge zugethan. Der Brief hat mich unglüklich gemacht. Mutter Anne! Ein Geſicht hab ich gefühlt — da laß ich mein Leben drauf. Von rechten Dingen giengs nicht zu. Freilich ergreift einen die Furcht, wenn man was böſes thut, wenn man ohne Beruf handelt. — Aber das Räth, ſel mit dem Geſicht. Ein Wirth ſollte nie zittern, wenns im Hauſe rumorte, wenns kni-

knistert — hu — hu — hu! Diebe und Ge=
spenster sind Gevattern miteinander. Aber
auf Schleifwegen freilich —

Doch jezt fällt mir was ein. Zwischen
drei und vier knarreten die Angeln in Sophiens
Zimmer. Wenn das die Mutter Anne ge=
wesen wäre! Die Weiber stören gern in
Wäsche und Kleidern. Sapperment! warum
fiel mir das nicht ein! Immer zur unrechten
Zeit kommen einem so gute Gedanken. Ich
hätte sie überrascht und ausgelacht. Sie hätte
mit gesucht, und wir hätten den Brief — Der
verwünschte Brief — Da liegen die Zeitun=
gen. Nichts steht drin — Der Baireuther,
der Neuwieder — und's Allerlei — alle —
alle — schreiben Zeugs, das man schon lange
weis —

Zwey=

Zweiter Auftritt.

Wirth. Sophie.

Sophie eilend.

Ach Vater, denken Sie —

Wirth.

Wo bleibt denn der gute Morgen?

Sophie.

Guten Morgen, Vater! ich bin so voll
Angst —

Wirth.

Warum?

Sophie.

Das Geld — das Geld —

Wirth.

Was denn für Geld, Weib, bist du toll?

Sophie.

Aldorfs Geld, das große Pakt, was Sie
gekriegt haben.

Wirth.

Nun was ist denn damit?

Sophie.

Sophie.

Iſt fort — iſt alles fort.

Wirth.

Warum ſpielt er. — Kann er denn vom Farotiſch bleiben?

Sophie.

Nicht doch — es iſt geſtohlen.

Wirth.

Wo? Wie? Was? Wenn?

Sophie.

Vom Zimmer weg —

Wirth.

Wer iſt der Dieb? Den ſoll der Teufel? An Galgen mit ihm — Wer iſts?

Sophie.

Wers wüßte!

Wirth.

Hier im Hauſe?

Sophie.

Vom Tiſch — aus der Schatulle weg —

Wirth.

Wirth.

Wenn denn?

Sophie.

Diese Nacht —

Wirth für sich.

O weh! das ist für meine Neugier gerechte Strafe! Zuletzt kömmts noch auf mich. Der Wachsstok —

Sophie für sich.

Er ist bestürzt. Himmel! Wenn er so was gethan hätte? Der Wachsstok ist ein böser Kläger —

Wirth für sich.

Sollte sie es wohl haben? Das wäre noch schlimmer. Sie wollte gestern Geld haben — und das Gesicht, Mutter Anne, das war sie gewiß. laut. Das ist ein dummer Streich — Da wird die Renommee leiden. Ei! der schwarze Bär wird gezaußt werden!

Sophie.

Sophie.

Ja wohl. Herauskommen muß es doch, wenn ers auch aus Freundschaft zu uns verschweigt. Es kömmt doch auf den Wirth vom Hause. —

Wirth.

Ein extrabummer Streich. Ein Hausdieb! Wer kanns so schnell entdekken. Ei! ei! der Verdruß!

Sophie.

Ich werde ganz bange dabei.

Wirth für sich.

Aha! die Angst kömmt schon. laut. Wenn wir nur das Geld wieder hätten — das andre ließe sich wohl machen.

Sophie für sich.

Aha! Er bereut es. laut. Ich glaube, wenn Aldorf es nur wieder kriegt, er bekümmert sich selbst nicht groß drum, wer es hatte.

Wirth.

Wirth für sich.

Hans heiß ich, wenn sie es nicht hat. laut. Hör, Sophie, du bist ein gutes Kind. er sieht nach der Thüre. Mein Vertrauen zu dir — er lauscht, ob jemand kömmt. Warte doch.

Sophie für sich.

So wahr ich lebe, er wird sich mir offen: baren.

Wirth.

Du hast nie gelogen, Sophie, du sprichst immer wahr.

Sophie.

Nie verschwieg ich Ihnen was, und so hoffe ich auch —

Wirth.

Schön! Was vorbei ist, das läßt sich nicht mehr ändern.

Sophie.

Das beste Herz, lieber Vater, thut oft einen Fehltritt.

E   **Wirth.**

Wirth.

Das Vergangene soll vergessen seyn. Daß du im Zimmer warst, das weis ich —

S o p h i e erschroffen.

Sie — Sie wissen —

Wirth.

Ja, wie du kamst, dachte ich, es wäre deine verstorbene Mutter, und lief, als wenn der Schwarze hinter mir wär.

S o p h i e für sich.

Er hat das Geld, nun ists keine Frage mehr —

Wirth.

Früh hört ich deine Thür, da verschwand meine Furcht.

Sophie.

Nun, lieber Vater, seyn Sie froh. Niemand hat Verdacht, daß Sie da gewesen sind. Ich fand den Wachsstok —

Wirth.

Wirth.

Du?

Sophie.

Ich! und auch mitgenommen —

Wirth.

Recht schön. Nun sag mir nur, wie geben wirs ihm wieder?

Sophie.

Nun dann! Da gehen Sie hin, und sagen: Herr Aldorf! Der Dieb hat sich gefunden, ihr Geld ist wieder da. Aber schonen sie meines Hauses Ehre. Gelegenheit verführt — das Gewissen aber thut seine Schuldigkeit. Es hat den Dieb getroffen, und hat sich mir entdekt. Hier haben sie das Ihrige — und da wette ich — Aldorf ist zufrieden.

Wirth.

Das muß ich gestehen — So was einzufädeln, hast du eine seltne Gabe.

Sophie.

Sophie.

Anders können Sie's doch nicht mach
Gehn Sie nur bald.

Wirth.

Wenn ichs nur erst hätte — das Geld —

Sophie.

Sie hätten es nicht?

Wirth.

Wo soll ich es denn her bekommen.

Sophie.

Woher?

Wirth.

Ja woher? Hast du mirs denn schon
geben?

Sophie.

Wer hat es denn?

Wirth.

Wer es hat?

Sophie.

Wenn Sie es nicht haben?

Wirth.

Wirth.

Mach keine Possen.

Sophie.

Wo haben Sie's denn hingebracht?

Wirth.

Bist du toll, Sophie, hast Du es denn nicht?

Sophie.

Ich?

Wirth.

Ja!

Sophie.

Wo soll ichs denn herbekommen haben?

Wirth.

So wie man es bekommt. Er macht die Pantomime des Stehlens.

Sophie.

Ich verstehe kein Wort.

Wirth.

Wirth.

Unverſchämte! Jezt, da du geben ſollſt,
haſt du es nicht, und eben haſt du es bekannt.
An dir erleb ich ſeine Streiche.

Sophie.

Das iſt für meinen Verſtand zu viel. Jezt
ſoll ichs haben, und kaum ſagten Sie, Sie
hätten die That begangen.

Wirth.

Du Kröte! Ich? Iſt das die kindliche
Ehrfurcht, daß du deinen Vater zum Diebe
machen willſt, da du ſelbſt die Spizbübin biſt.

Sophie.

Mein Vater!

Wirth.

Warſt du nicht heut früh im Zimmer?

Sophie.

Ich leugne es nicht, ich war da.

Wirth.

Und willſt doch das Geld nicht haben?

Sophie.

Sophie.

Beweist denn das? —

Wirth.

Allerdings!

Sophie.

Nun — Sie waren diese Nacht auch im Zimmer.

Wirth.

Ich fasse dich bei den Haaren, wenn du nicht schweigst. Ich kann mich vor Zorn kaum halten. Eine Tochter gegen den Vater — Geh — geh gleich — sonst werd ich wild.

Sophie geht weinend ab.

Das ist für Spas zu viel. Der Liederliche hat sie ganz verdorben. Hier hilft dein Leugnen nichts. Das Geld ist fort und sie hats.

———

Drit=

Dritter Auftritt.

Wirth. Aldorf.

Wirth sich immer büffend.

Gnädger Herr! — ich bin außer mir —
Ich habe erfahren — ich sehe, Sie sind voll
Verdruß — Er ist gerecht — Nur bitte ich
um ein wenig Geduld. Es kann kein Frem-
der seyn. Ich werde Haussuchung machen
— habe schon Maßregeln genommen. Wenn
Sie aber meine Ehre lieben — wenn der
schwarze Bär noch einiges Vertrauen zu Ihrer großen Gnade schöpfen darf, so lassen Sie
ihm nicht sein ehrliches Fell über die Ohren
ziehen — Wie hoch beläuft sich wohl die
Summe?

Aldorf.
Es ist viel Geld, Herr Wirth —

Wirth.
Ei! ei! das schmerzt mich sehr —

Aldorf.

Aldorf.

Mich nicht so sehr, als daß ich nicht wüß,
wer es genommen, wie und wenn es genom=
men worden.

Wirth.

Hätten Sie das Geld nur — Herr Aldorf,
ich dächte, wir fragen gern nicht weiter —
Michel, Hans oder Klaus — Ein Hausdieb
ists — zerbrechen Sie sich den Kopf nicht
weiter. Und kurz — ich bin schon auf der
Spur. Ich schaffe Ihr Geld — aber den
Dieb muß niemand wissen.

Aldorf.

Herr! Sie wollen mir mein Geld schaffen?

Wirth.

Ja — nur versprechen Sie mir Verschwie=
genheit wegen meines Hauses. Sie kennen
mich so lange. Ich habe Ihre Kasse oft offen
gesehen, und meiner Ehrlichkeit können Sie
wohl trauen.

Aldorf.

Aldorf.

So wiſſen Sie aber doch den Dieb?

Wirth.

Genug — ich bring es heraus.

Aldorf.

Sagen Sie mir nur wie?

Wirth.

Nicht um die ganze Welt.

Aldorf.

Ich bitte Sie, wer hat es genommen?

Wirth.

Ich ſage Ihnen, ich darfs nicht verrathen.

Aldorf.

Einen Hausdieb nannten Sie ihn doch ſelbſt.

Wirth.

Sie werdens nicht erfragen.

Aldorf.

Die Jungemagd?

Wirth.

Wirth.

Ach! die gute Hanne — die gewiß nicht.

Aldorf.

Vielleicht wars der Keller?

Wirth.

Der ehrlichste Mensch auf der Welt.

Aldorf.

Ihre Köchin ist gewandt genug —

Wirth.

Ja, im sieden und im braten — aber nicht im stehlen.

Aldorf.

Der Küchenjunge Hans?

Wirth.

Herr! Sie rathens nicht —

Aldorf.

Ich dächte auf den Gärtner könnte wohl ein kleiner Verdacht —

Wirth.

Gnädiger Herr! das ist ein angesehener Mensch —

Aldorf.

Aldorf.

Der Sohn des Gärtners.

Wirth.

Auch nicht. Alles ist umsonst.

Aldorf.

Vielleicht —

Wirth.

Lassen Sie's den Haushund gewesen seyn — der leidet nichts. Ja! Ja! Der Haushund.

Aldorf für sich.

Wart, du Zeisig, dich will ich schon noch kriegen. laut. Hab es wer da will, wenn ichs nur wieder bekomme. Besorgen Sie das nur.

Wirth.

Sehr wohl, gnädger Herr —

Aldorf.

Bringen Sie mir doch Tinte — der Brief verlangt gleich Antwort. Es pressirt sehr.

Wirth.

Wirth für sich.

Da ist der Unglücksbrief wieder. laut. Ich dachte wohl, gnädger Herr, daß die Sache wichtig wäre.

Aldorf.

Sehr wichtig! Es hat keinen Augenblick Zeit.

Wirth.

O es ist eine vortrefliche Sache ums korrespondiren.

Aldorf.

Nicht immer! Die Zeit ist oft mehr werth, als der Spaß — Ja solche Neuigkeiten — er zeigt auf den Brief.

Wirth.

Es geht damit, wie im Spiele. Mancher Brief ist ein Matador — und der tröstet dann für eine Handvoll schlechte Blätter. Also diese Neuigkeiten — dürfte man nicht —

Aldorf.

Nicht um die ganze Welt.

Wirth.

Wirth.

Amerikanische Nachrichten?

Aldorf.

Ich sage Ihnen, ich darf nichts verrathen.

Wirth.

Ist irgend ein großer Potentat krank?

Aldorf.

Sie werdens nicht erfragen.

Wirth.

Ach! das wird das Freikorps nach der Barbarei betreffen?

Aldorf.

Mit den Barbaren ists nun gar nichts. Die ehrlichen Häute.

Wirth.

Der Sultan ist gestorben?

Aldorf.

Kann seyn — Hier steht nichts davon.

Wirth.

Kagliostro spukt wohl wieder?

Aldorf.

Aldorf.

Herr! Sie erfahren nichts von allen. Es ist weit wichtiger.

Wirth.

Aus einem großen Kabinette?

Aldorf.

Schaffen Sie mir nur Tinte.

Wirth.

Sind etwa beim lezten großen Froste ⇒

Aldorf.

Hasen erfroren? Ja —

Wirth.

Sonst hatte ich wohl das Zutrauen von Ew. Gnaden. Jezt ist alles das verschwunden.

Aldorf.

Mein Herr! Mißtrauischen pflegt man nichts zu vertrauen.

Wirth.

Aber, gnädger Herr, was könnte ich Ihnen anzuvertrauen haben?

Aldorf.

Aldorf.

Den Dieb! Sie mir den Dieb, ich Ihnen den Brief. Wollen Sie? Ich finde den Tausch sehr billig.

Wirth.

Sie sind allzugnädig, gnädger Herr. für sich. Wenn er nur nicht eben das verlangte.

Aldorf.

Ein Dienst ist des andern werth. Wir verrathen beide nichts. Sie nichts aus meinem Briefe — ich nichts von Ihrem Hausdiebe.

Wirth für sich.

Der Brief — der Brief ist gar zu appetitlich — Freilich! meine Tochter! Es ist eine große Schande. — Aber — der Reiz ist zu groß. Warum hat sie's gethan. Mag sie zusehen. — Der Mund läuft mir voll Wasser — ich — soll — den Brief sehen.

Aldorf für sich.

Kein Windhund kann beim Geruch eines frisch gekochten Schinkens die Nase so heben.

Wirth.

Wirth.

beschämt, nachgebend und zaudernd.

Sie befehlen, gnädiger Herr, und ihre —
zuvorkommende Güte —

Aldorf *für sich.*

Jezt beißt er an.

Wirth.

Zwingt mich zur Vertraulichkeit — Soll ich
aber den Brief auch gewiß gleich bekommen?

Aldorf *ihn hinreichend.*

Den Augenblick.

Wirth.

*sich langsam mit unverwandten Augen auf den
Brief nähernd.* Der Dieb.

Aldorf.

Nun! der Dieb —

Wirth.

Der Sie bestohlen — ist —

Aldorf.

Nur heraus!

F   Wirth.

Wirth.

Ift mei —

Aldorf.

Fort! Fort! Da ift der Brief.

Wirth herzhaft.

Meine Tochter! Er reißt den Brief weg.

Aldorf.

Wie! Ihre Tochter!

Wirth.

reißt in Eil das Couvert in Stücken, ließ

„Hochwohlgebohrner Herr!

Aldorf.

faßt ihn bei der Schulter.

Sie war es? Nein! Sagen Sie mir die
Wahrheit.

Wirth ungeduldig.

Sie ifts — O das ift unerträglich. Er ließ.
„Infonders“

Aldorf.

Mein Herr Wirth, Sophie kanns nicht
feyn.

Wirth.

Wirth.

reißt sich los und fährt fort,

„Hochzuverehrender"

Aldorf.

Sie wäre es gewesen! Da muß ich ver-
stummen.

Wirth. ließt.

„Herr"

Aldorf.

Hören Sie mich! Wie gieng denn die
Sache zu?

Wirth.

Hernach will ichs Ihnen erzählen.

Aldorf.

So ist es ganz gewiß?

Wirth.

Gewiß — gewiß — gewiß —

Aldorf.

Nun soll es doch wohl noch meinen Absich-
ten gemäßer gehen. ab.

F 2   Vier-

Vierter Auftritt.

Der Wirth allein.

lesend und sprechend.

„Und Gönner!" — Ist er fort? — „Ihre
Gütigkeit in Verzeihung so man=
ches Fehlers läßt mich auch jezt
auf Ihre gütige Nachsicht hoffen"
— Nu, nu, was wirds denn da zu verzeihen
geben? — Ich weiß, gnädiger Herr,
daß Sie meine Freude mit mir thei=
len" — Ja, ja, ich auch — Ich schwizze
schon vor Freude. — Der Himmel hat
mir heute ein großes Glük zu Theil
werden lassen. Mein liebes Weib
ist vom sechsten Sohn entbunden"
— Ich bin des Todes — „Früh erschien
mit Tages Anbruch der Knabe" —
Der Balg der! Ersäuft — erdrosselt ihn —
laßt ihn im Bade ersticken — „Ihre gute
Denkungsart macht mich armen
                                                    Mann

Mann so kühn" Er knitscht den Brief zusammen.

Ich erwürge — ich vergeh — ich bin schon todt! Mir das in meinen alten Tagen? Nein! das bleibt nicht so. Die Münze muß ich wieder auszahlen. Er muß fort! Aus dem Hause! Solch ein Affront! Mir — einem guten Freunde so schändlich mitzuspielen! Ja ich werde dich wieder —

Aber — meine Tochter! Das Ding steht schlecht. Um einen Gevatterbrief hab ich sie verrathen. Er faßt sich in die Parücke. Du verfluchter Ochsenkopf! Dazu bist du so alt geworden? Ich Esel! Mache solche Streiche. Der Brief! Was fang ich nur um aller Welt Wunder willen an, daß ich mich räche.

Er ergreift einen Stok, und läuft auf dem Theater herum.

Komm mir einer zu nahe — lederweich will ich ihn prügeln. Ha! Jetzt bin ich in Wuth. Jetzt wollte ich, alle wären hier, die

mich

mich irgend schikaniren. Alle schlüg ich zusammen. Eine Hauptkur wollte ich anfan-
gen. Ich sterbe, wenn ich mich nicht aus-
lassen kann. He! Küchenjunge! Zerbrich
mir nur ein Deckelglas, daß ich dich prügeln
kann! Ich zehre mich sonst ab. Rache muß
ich haben. Prügeln muß ich — ich muß
prügeln. *Er stößt auf den Großvaterstuhl, und
fängt an zuzuschlagen.*

Ha! du bist staubig! Wart! Ich will dich
lehren — Ach wie labe ich mich.

———

Fünfter Auftritt.

Der Wirth prügelt immer fort. **Söller**
tritt ein im Domino, mit einem halben
Räuschgen.

Söller.

Der Schwiegervater paukt ja ganz erbärm-
lich auf den Stuhl! Ist er toll geworden?

Söl-

Söller, nimm dich in Acht. Es wäre kein feines Stükchen, der Substitute des Stuhls zu werden. Mit genauer Noth bist du Tirinette's Wuth entgangen. — Da kömmst du aus dem Regen in die Traufe. Er hat den bösen Geist. Ob ich bleibe?

Wirth.

Nun kann ich nicht mehr! Rükken und Arm thut mir weh! *Er wirft sich in den Sessel.* Ich schwizze über und über. Ich sezze mich auf meinen Feind.

Söller.

Ja die Motion macht warm. Er ist müde. Da darf ich es schon wagen. *Er zeigt sich.* Herr Vater?

Wirth.

Ach! Er kömmt ein klein bischen zu spät, Mosje. Wär ich nur nicht so müde. Er Fastnachtsnarr! Er Sausewind! Er säuft, spielt, schwärmt, während der Teufel zu Haus

los

los ist. O hätt ich ihn nur eher gehabt —
Jezt hätte er ein weiches Fell —

Söller.

Er ist sehr aufgebracht, Papa.

Wirth springt auf.

Ich will mich aber auch nicht länger quälen.

Söller.

Sag ter mir nur, was vorgegangen ist?

Wirth.

Die Ohren werden ihm gällen — Aldorf!
Sophie! Will ers der Länge nach wissen?
tritt auf ihn zu.

Söller tritt zurük.

Nein! nein! Behalte ers nur bei sich,
wenns böse Geister sind —

Wirth.

O daß sie euch alle schon geholt hätten — ihn
— Sophie und den verdammten Kerl mit seinem Brief und den sechs Jungen. er rennt ab.

———

Sechs-

Sechster Auftritt.

Söller allein.

Wär ich doch betrogen? — Sie wieder zusammen gewesen? Der Vater hätte sie überrascht? Da wollt ich auch, ich hätte das Geld wenigstens mitgenommen.

Was soll es sonst seyn? Was hat Sophie beim Gelde zu thun? verrathen kann ich nicht werden. Der Vater war da — sie war da — mich vermuthet man nicht.

Ja es ist gewiß. Sie hat sich nur geziert — er hat sie zurük gebracht, und ich Dumrian lasse mich anführen, mache ihnen Plaz, und lasse auch noch das Geld im Stiche — Ich darf nicht einmal etwas sagen — und doch Rache — Rache will ich nehmen. War der Vater nicht rachgierig? Ließ er nicht die Wuth am Stuhle aus?

Wie wärs, wenn ich dem Herrn von Tirinette ein Stük Geld verspräche, daß er ihn

hen

heraus forderte. Erschießt er ihn — dann
ist das Geld doch mein.

Er kömmt — ich will ihm ausweichen —
Haſt du mich beleidigt, ſo ſollſt du büßen,
Sophie. ab.

― ― ―

Siebenter Auftritt.

Aldorfs Zimmer.

Aldorf.

Unglaublich! Ich drehe es in meinem Sinn
hin und her, aber kein Gedanke ſteht feſt!
Sie, in der ich ein Bild der Tugend
verehrte, iſt zu einem ſo niedrigen Laſter
herabgeſunken? Die Hoheit der Ideen iſt
weg, und ein gemeines Weib ſteht da.

Und mit dem Bilde wacht alles ſtrafbare
Gefühl wieder auf. Ich möchte ſo gerne ſie
ganz

ganz verachten, aber sie ist so schön. Geld
ist ja der Verführer der ganzen Welt. Wenn
ich ihr ins Gesicht sage, sie hat es — dann —
dann wird sie doch nicht mehr mit Tugend
kommen? Lächerlich! — da ist sie selbst —
Sie sieht so sittsam, wie die Unschuld! —
Heuchlerin!

Achter Auftritt.

Aldorf.   Sophie.

Sophie.

Sie weichen mir aus, Aldorf — Hat Einsamkeit Reiz für Sie?

Aldorf.

Nachdenken — Madam! Verstimmung.
Man hat oft viel Lust zu Monologen, selbst
ohne Ursach —

Sophie.

Sophie.

Ihr Verlust ist groß — verdient, daß er Sie schmerze.

Aldorf.

Das quält mich nicht, Sophie! Ich habe es ja — bin reich — und überdem kann es ja wohl noch in guten Händen seyn, und ich ohne mein Verdienst zum Wohlthäter werden.

Sophie.

Sie werden unsern Ruf gewiß in Betrachtung ziehen.

Aldorf.

Mit ein wenig Offenherzigkeit hätte aber der bisherige Lerm auch vermieden werden können.

Sophie.

Wie soll ich das verstehen?

Aldorf.

Sie verständen es nicht?

Sophie.

Sophie.

Heher weiß ich's nicht zu reimen — In diesem Augenblikke.

Aldorf.

Sophie! Wir kennen uns. Seyn Sie vertraut! Das Geld ist einmal fort. Wo es ist, mag es liegen bleiben. Hätte ichs ehe gewußt, daß sichs so verhält, ich hätte kein Wort verloren —

Sophie.

So wissen Sie —

Aldorf ihre Hand küssend.

Ihr Vater — ja, ich weiß es, theure Sophie.

Sophie verwundernd und beschämt.

Und Sie können verzeihen?

Aldorf.

Wie könnte ich einen Scherz zum Verbrechen machen?

Sophie.

Doch scheint mir dieser Scherz —

Aldorf.

Aldorf.

Weg damit, Sophie — Immer noch liebt
Sie Aldorf. Nehmen Sie nur mein Herz
an — mein Geld gehört Ihnen so. Schenken Sie mir nur Gegenliebe, und nehmen
Sie, was Sie brauchen.

Er will sie umarmen.

Sophie *zurüktretend, stolz.*

Allen Respekt vor Ihrem Reichthum, mein
Herr! Allein ich brauche Ihr Geld nicht.
Ihr Ton ist sonderbar, recht weiß ich noch
nicht, woran ich bin — wohl fühl ich, daß
Sie mich verkennen. Geld soll hervorbrin-
gen, was herzliche Liebe nicht konnte? Schä-
men Sie sich, mein Herr, und thun Sie
Ihren beleidigenden Forderungen Einhalt.

Aldorf *pikirt.*

Nun! nun! Ihr gehorsamer Diener weiß
doch wohl, daß, und was er fordern darf.
Thun Sie Ihrem unnöthigen Eifer Einhalt.
Wer sich so weit vergeht —

Sophie.

Sophie.

Vergeht? Gnädger Herr? Gegen Sie —

Aldorf.

Madam! Sie sind sehr dreist!

Sophie.

Was soll das, Herr? Erklären Sie sich.

Aldorf.

Verzeihen Sie, so etwas sagt man nicht
gern laut.

Sophie.

Von mir? Ich verlange es lauter, als je.

Aldorf.

Fragen Sie nur Papagen — Es scheint,
der weis —

Sophie.

Was weis er? Und was wissen Sie? Ich
scherze nicht —

Aldorf.

Wollen Sie es denn schlechterdings wissen,
was er sagte?

Sophie.

Sophie.

Je schneller, je lieber, Herr Aldorf —

Aldorf.

Daß Sie das Geld genommen —

Sophie wüthend.

So weit vergaß er sich? O Gott! Er darf —

Aldorf für sich.

Hier ists doch nicht richtig. laut und zärtlich. Sophie!

Sophie.

Sie sind nicht werth, daß ich Sie ansehe.

Aldorf.

Sophie!

Sophie.

Fort aus meinen Augen.

Aldorf.

Verzeihen Sie doch!

Sophie.

Nein, das kann ich nicht verzeihen. Ihm nicht, daß er meine Ehre aufs Spiel sezte —

Ihnen

Ihnen nicht, daß Sie das von mir glauben
konnten. Welch ein verworfnes Geschöpf
muß ich in Ihren Augen seyn! Rechtfertigen
muß ich mich. Aber um der Beschuldigung
willen, die sie mir zur Last legten, müssen
Sie jezt schweigen, wenn ich Ihnen entdekke,
was ich unter andern Umständen nie entdekt
hätte, was ich, um schlimmern Folgen vorzu-
beugen, jezt nicht mehr verschweigen darf —
Mein Vater hat selbst das Geld. Ich schaffe
es Ihnen wieder — und wehe Ihnen, wenn
Sie ihn verrathen. ab.

Neunter Auftritt.

Alborf hernach Söller.

Alborf.

Nun werde der Teufel klug draus! Ich
habe sie beide als so ehrliche Menschenkinder

G   ges

gekannt. Mein alles war so oft in ihren
Händen, sie konnten schalten und walten, wie
mit eignem Gute. Jezt klagt eins das andre
an. Ich glaubs von beiden nicht. Die gute
Sophie! der alte Mann! die sollten mich
bestehlen? Wärs Söller, der im Verdacht
wäre, ich zweifelte keinen Augenblik. Aber
der war die ganze Nacht auf dem Balle.

Söller

in ordentlicher Kleidung, noch ein wenig in Wein-
laune.

Da sizt der Teufelskerl! Säh ichs ihm nur
am Gesicht an — Könnt ich ihm nur am Kra-
gen! Ei ich wollte dich zausen.

Aldorf.

Der kömmt wie bestellt. laut. Wie stehts,
Herr Söller?

Söller.

Dämisch! Die Musik geht noch im Kopfe
um. Er thut mir recht weh.

Aldorf.

Aldorf.

Waren viel Damen auf dem Balle?

Söller.

Daran fehlts nicht.

Aldorf.

Viel getanzt?

Söller.

Ich habe nur zugesehen — für sich. Dem Tanz von heute früh.

Aldorf.

Das ist ein Wunder! Herr Söller nicht getanzt —

Söller.

Vorgenommen hatte ichs mir wohl —

Aldorf.

Und es gieng nicht.

Söller.

Wie gesagt, es drükte mich im Kopfe, da vergieng das Tanzen.

Aldorf.

Ei! ei!

Söller.

Söller.

Ich konnte dem Uebel gar nicht wehren. Je mehr ich hörte und sah, je mehr vergieng mir Hören und Sehen.

Aldorf.

Und das Uebel ist Ihnen so schnell gekommen?

Söller.

Das nicht! Ich fühle es schon, seitdem Sie bei uns sind.

Aldorf.

Sonderbar!

Söller.

Ich kanns auch nicht wegbringen —

Aldorf.

Reiben Sie sich den Kopf mit warmen Tüchern, da verzieht es sich.

Söller für sich.

Ich glaube, der Teufel spottet mich noch laut. So leicht geht das nicht.

Aldorf.

Aldorf.

Es giebt sich am Ende. Im Grunde aber geschiehts Ihnen recht, Herr Söller. Es wird noch besser kommen. Nehmen nicht einmal das Weibchen mit. Die kann zu Hause Grillen machen.

Söller.

Sie macht ja die Frau vom Hause, da möchten die Gäste —

Aldorf.

Eine sonderbare Bemerkung —

Söller.

Ja manche sind eigensinnig, verlangen Nachts Thee, Kaffee. Wem soll man die Schlüssel anvertrauen.

Aldorf.

Sie reden heute sehr verblümt.

Söller.

Verblümt? Ich dächte, ich spräche sehr deutlich —

Aldorf.

Aldorf.

Wenn Sie wollen, Herr — ja — ich bin
ihr einziger Gast.

Söller.

Sie könnten doch auch etwas verlangen —
Glauben Sie nicht selbst, daß es eine kizliche
Sache ist, eine Wirthstochter zu heirathen —

Aldorf.

Wie verstehen Sie das —

Söller.

Die alten Bekannten kehren manchmal
wieder ein.

Aldorf.

Bedenken Sie, Herr Söller!

Söller.

Was ist da zu bedenken, Herr Freund von
Frauenzimmern. Meine Frau kann ich mo-
ralisiren, wie ich will.

Aldorf.

Ich will nicht hoffen — Ihnen auch nicht
rathen — daß Sie Verdacht —

Söl

Söller.

Verdacht? Herr! Wer hat das gesagt —
für sich. Ich werd ihn noch fragen sollen, was
er von meiner Frauen Tugend hält?

Aldorf.

Sie verdienen die Frau gar nicht, schön,
tugendhaft, reizend — reich — nichts fehlt
ihr —

Söller.

Sie haben wohl Ursach, ihr Lobredner zu
seyn?

Aldorf.

Herr Söller!

Söller.

Nun soll er was?

Aldorf.

Stille seyn, wenn ich bitten darf.

Söller.

Das Reden werden Sie mir in meiner
Wohnung nicht verbieten.

Aldorf.

Aldorf.

Wenn es nur an einem andern Orte wäre, ich wollte Ihnen schon zeigen.

Söller halb laut.

Ich glaube, er schlüge sich um meiner Frauen Tugend?

Aldorf.

Gewiß!

Söller wie vorher.

Er mag sonderbare Begriffe von einem Ehemann haben.

Aldorf.

Nein, Herr! nun gehts zu weit. Nun muß ich Ihnen die Zunge lösen.

Söller.

O ich bin parat. Was das Auge sieht, muß das Herz glauben.

Aldorf.

Wie! Wie nehmen Sie das Sehen?

Söl=

Söller.

So wie mans nimmt — von Hören und Sehen!

Aldorf.

Was haben Sie gehört? Was gesehen?

Söller.

Red und Antwort brauch ich Ihnen nicht zu geben — für sich. Ich bin zu weit begangen. Nun kann der Verdacht mit dem Gelde doch auf mich kommen. laut. Ich empfehle mich —

Aldorf.

So kommen Sie nicht los.

Söller.

Plagt Sie der Teufel, Herr —

Aldorf.

Was hörten Sie. — was sahen Sie?

Söller.

Nichts, man hat mirs nur gesagt.

Aldorf.

Gesagt? Wer?

Söl

Aldorf.

Wenn es nur an einem andern Orte wäre, ich wollte Ihnen schon zeigen.

Söller halb laut.

Ich glaube, er schlüge sich um meiner Frauen Tugend?

Aldorf.

Gewiß!

Söller wie vorher.

Er mag sonderbare Begriffe von einem Ehemann haben.

Aldorf.

Nein, Herr! nun gehts zu weit. Nun muß ich Ihnen die Zunge

O ich

muß

Söller.

So wie man's nimmt — — ~~von Hören und~~
Sehen!

Aldorf.

Was haben Sie gehört? Was gesehen?

Söller.

Red und Antwort brauch ich Ihnen nicht
zu geben — für sich. Ich bin zu weit gegan=
gen. Nun kann der Verdacht mit dem Gelde
doch auf mich kommen. ~~laut.~~ Ich empfehle
mich —

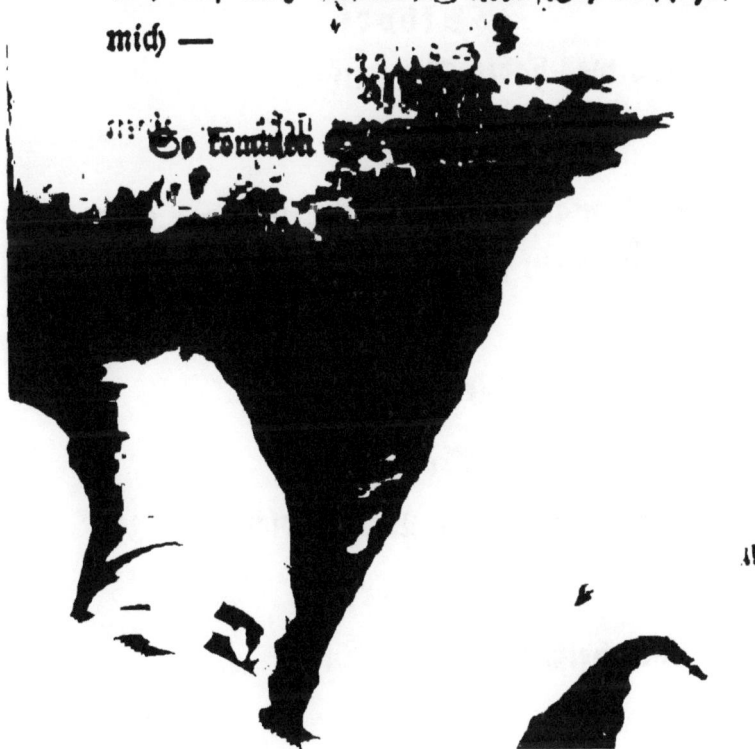

Söller.

Ein Mann, der's selbst mit Augen sah —

Aldorf zieht den Degen.

Wer ist der Schelm, der Bösewicht, der Lügner?

Söller.

Nun wirds zu toll. Herr! ich bins selbst.

Aldorf.

Und was haben Sie gesehen?

Söller.

Was man oft zusammen sieht — einen Herrn und ein Frauenzimmer.

Aldorf.

Was sahen Sie weiter?

Söller.

Herr! den Lauf der Welt in solchen Dingen.

Aldorf.

Was heißt das, reden Sie.

Söl=

Söller.

Wenn Sies durchaus wissen wollen. Ich habe das Rendezvous mit angesehen — alles gehört —

Aldorf steckt den Degen ein.

für sich. Wie muß das zugegangen seyn?

Söller.

Er wird kleinlaut! Nun Courage! Sie denken wohl, ich hätte das Lustspiel dieser Nacht so schnell vergessen?

Aldorf.

Wo waren Sie denn?

Söller.

Hier im Alkoven —

Aldorf.

Schön also auf dem Ball?

Söller.

Wenn man so etwas merkt, kömmt man hübsch zu Hause.

Aldorf.

Merken? Herr! Lügen Sie nicht! Ich merke auch was — Dohlen und Raben wollt ich eher im Hause haben als Sie. Sie haben mein Geld gestohlen.

Söller.

Sie können auch noch vom Stehlen reden — Herr! Eine Frau stehlen, ist schlimmer als Geld nehmen.

Aldorf.

Also haben Sie wirklich die That gethan?

Söller.

Nun ja. In etwas wenigstens wollte ich mich schadlos halten. Ich hörte Ihre schönen Plane, und da entwarf ich die meinigen. Wenn Sie ein Wort vom Gelde reden, Herr Aldorf, so sprech ich laut, und überschreie Sie.

Aldorf.

Das können Sie nicht, Herr! Sie haben eine tugendhafte Frau!

Söl

Söller.

Wenn ich die habe, haben Sie auch Ihr Geld!

Aldorf.

Die Wette möchten Sie verlieren — Der Ball — Der Farotisch —

———

Lezter Auftritt.

Der Wirth. Sophie. Die Vorigen.

Wirth.

Herr Aldorf! da ist meine Tochter, reden Sie selbst mit ihr.

Sophie.

Vater! Sie müssen sich vertheidigen. Es muß nun ans Tageslicht.

Aldorf.

Behüte! Vater und Tochter werden sich doch nicht streiten!

Wirth.

Wirth.

Sie hat Ihr Geld — Sie können sich drauf verlassen.

Sophie.

Vater, der Wachsstok — Geben Sie der Wahrheit die Ehre.

Aldorf.

Ihr lieben Leute — Beide nicht. Da steht der Dieb —

Söller.

Nun haut! halt fest. Jezt giebt es Wolkenbruch und Hagel.

Sophie.

Du Söller, hätteft deinen schönen Lebenslauf gekrönt?

Wirth.

Marsch! An den Galgen — fort mit dem Saußaus!

Aldorf.

Ich bitte um Geduld. — Herr Söller — Sie waren in meinem Zimmer — Aufrichtig!

Söll

Söller.

Aufrichtig? Herr! um Ihr Geld zu stehlen —

Aldorf.

Sie, Sophie, waren da?

Sophie.

Um meinen Mann bei Ihnen zu verklagen.

Söller.

Ich habe auch die saubern Ehrentitel und
Standreden alle gehört.

Aldorf.

Und Sie Herr Wirth?

Wirth.

Um den verfluchten Gevatterbrief zu erwi-
schen, den ich Ihnen auch lange nicht vergef-
sen werde.

Aldorf.

So waren wir alle strafbar — denn auch
ich war hier, um dieser Frau das Herz zu
stehlen. Bessern wir uns alle!

Söl-

Söller.

Ja, Herr — Erst aber wieder geben. Er springt in den Alkoven, und holt den Beutel. Sehen Sie, hier ist Ihr Geld — Wie ich Sophiens Tugend sah, vergieng mir alles. Herr! wenn Sie so ein Weib kriegen können, da werfen Sie all den Plunder zum Henker. Ich trinke und spiele nicht mehr.

Alle Drei.

Bravo, Männchen! Bravo, Söller!

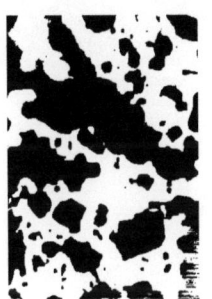